À tous les membres de

L'apprentissage de la lecture est l'une des réalis[...]
importantes de la petite enfance. La collection [...]
pour aider les enfants à devenir des lecteurs ex[...]
Les jeunes lecteurs apprennent à lire en se souvenant de mots utilisés
fréquemment comme « le », « est » et « et », en utilisant les techniques
phoniques pour décoder de nouveaux mots et en interprétant les indices
des illustrations et du texte. Ces livres offrent des histoires que les
enfants aiment et la structure dont ils ont besoin pour lire couramment
et sans aide. Voici des suggestions pour aider votre enfant avant,
pendant et après la lecture.

Avant

Examinez la couverture et les illustrations, et demandez à votre
enfant de prédire de quoi on parle dans le livre.

Lisez l'histoire à votre enfant.

Encouragez votre enfant à dire avec vous les formulations et les mots
qui lui sont familiers.

Lisez une ligne et demandez à votre enfant de la relire après vous.

Pendant

Demandez à votre enfant de penser à un mot qu'il ne reconnaît
pas tout de suite. Donnez-lui des indices comme : « On va voir si
on connaît les sons » et « Est-ce qu'on a déjà lu un mot comme
celui-là? ».

Encouragez l'enfant à utiliser ses compétences phoniques pour
prononcer d'autres mots.

Lorsque l'enfant a besoin d'aide, lisez-lui le mot qui pose un
problème, pour qu'il n'ait pas trop de mal à lire et que l'expérience
de la lecture avec les parents soit positive.

Encouragez votre enfant à lire avec expression... comme un
comédien!

Après

Proposez à votre enfant de dresser une liste de mots qu'il préfère.

Encouragez votre enfant à relire ses livres. Il peut les lire à ses frères
et sœurs, à ses grands-parents et même à ses toutous. Les lectures
répétées donnent confiance au jeune lecteur.

Parlez des histoires que vous avez lues. Posez des questions et
répondez à celles de votre enfant. Partagez vos idées au sujet des
personnages et des événements les plus amusants et les plus
intéressants.

J'espère que vous et votre enfant allez aimer ce livre.

Francie Alexander,
spécialiste en lecture

Pour Guiseppe, notre gentil capitaine du Maine
– C.R. et P.R.

Pour Carly, Jennifer et Evan
– C.S.

Nous remercions spécialement Laurie Roulston
du Denver Museum of Natural History
pour son expertise.

La traductrice remercie Benoit Auger pour sa précieuse collaboration.

Données de catalogage avant publication
de la Bibliothèque nationale du Canada

Roop, Connie, 1951-
  Pieuvre, qui es-tu?

(Je peux lire!. Niveau 1. Sciences)
Traduction de: Octopus under the sea.
Pour enfants de 3 à 6 ans.
ISBN 0-7791-1558-9

1. Poulpes--Ouvrages pour la jeunesse. I. Roop, Peter, 1951-
II. Schwartz, Carol, 1954- III. Titre. IV. Collection.

QL430.3.O2R6614 2002   j594'.56   C2001-903407-5

Édition publiée par Les éditions Scholastic, 175 Hillmount Road,
Markham (Ontario) L6C 1Z7.

5 4 3 2 1   Imprimé au Canada   02 03 04 05

Connie et Peter Roop
Illustrations de Carol Schwartz

Texte français de Lucie Duchesne

Je peux lire! – SCIENCES – NIVEAU 1

Les éditions Scholastic

Qui vit loin dans la mer, au fond là-bas,
et possède plus de bras que toi et moi?

La pieuvre!

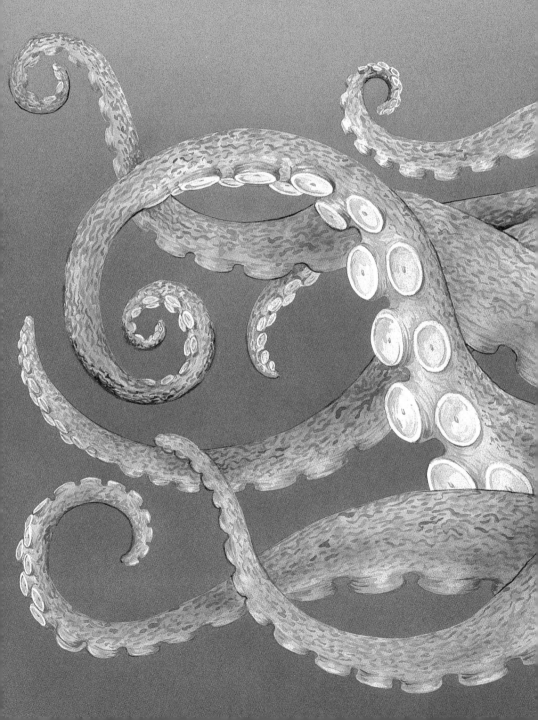

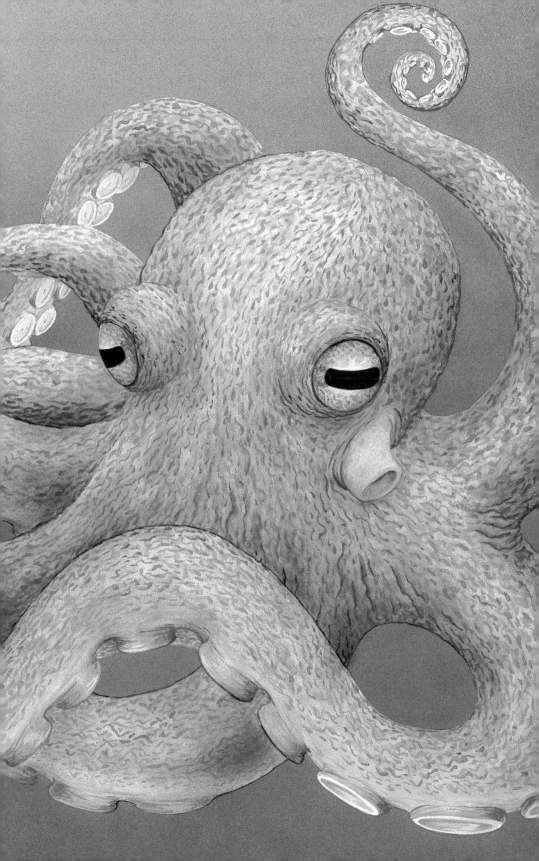

Avec ses huit bras très longs,
la pieuvre avance et nage tout au fond.

La pieuvre trouve de quoi manger :
un crabe, une crevette ou
d'autres crustacés.

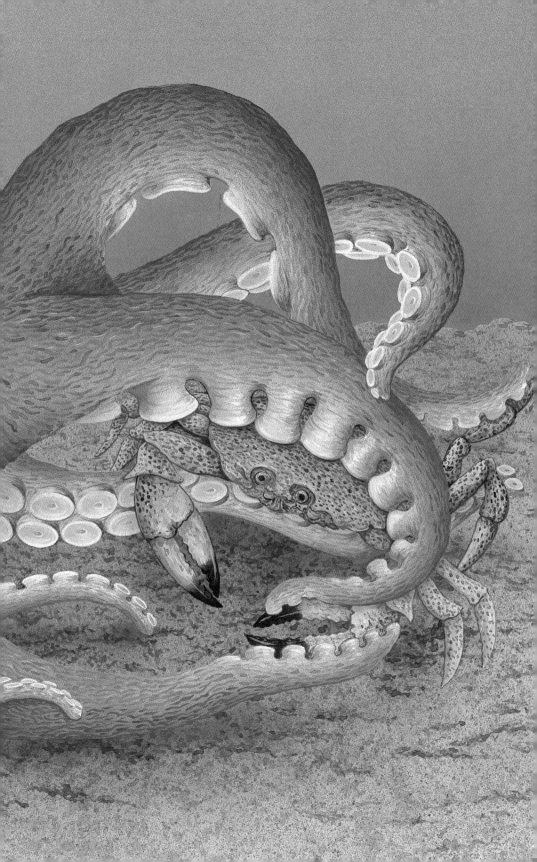

La pieuvre se propulse rapidement
dans la mer.
Pour échapper à ses ennemis, c'est ce
qu'elle doit faire.

Des requins et d'autres poissons affamés
veulent une pieuvre délicieuse
pour le souper.

Les ennemis ne peuvent plus la voir,
car la pieuvre projette son encre noire.

Pendant qu'ils sont aveuglés,
la pieuvre peut enfin s'échapper.

La pieuvre sait comment se camoufler quand vient le temps de fuir le danger.

Comme son corps n'a aucun os,
elle peut rentrer
dans de très petites maisons
et s'y abriter.

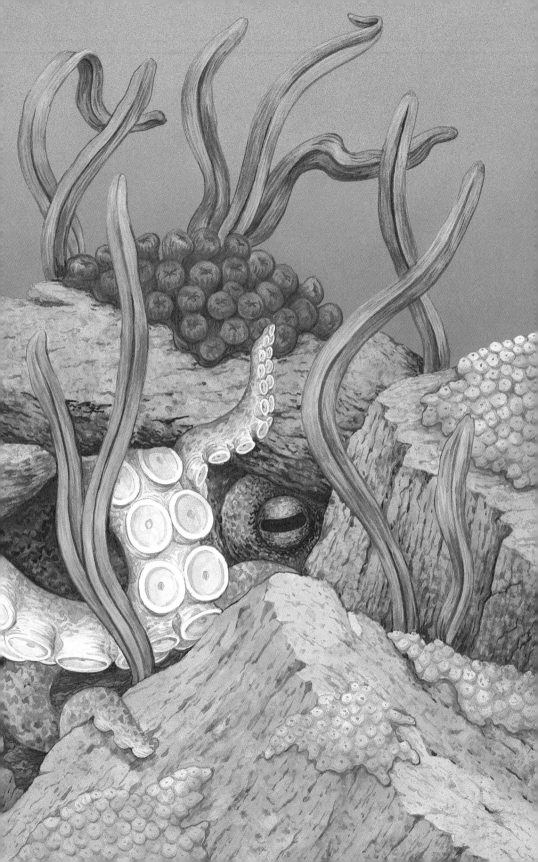

Au fond de la mer,
elle se cache partout,
dans les crevasses et les trous.

La maman pieuvre surveille les lieux.
De ses longs bras, elle protège ses œufs.

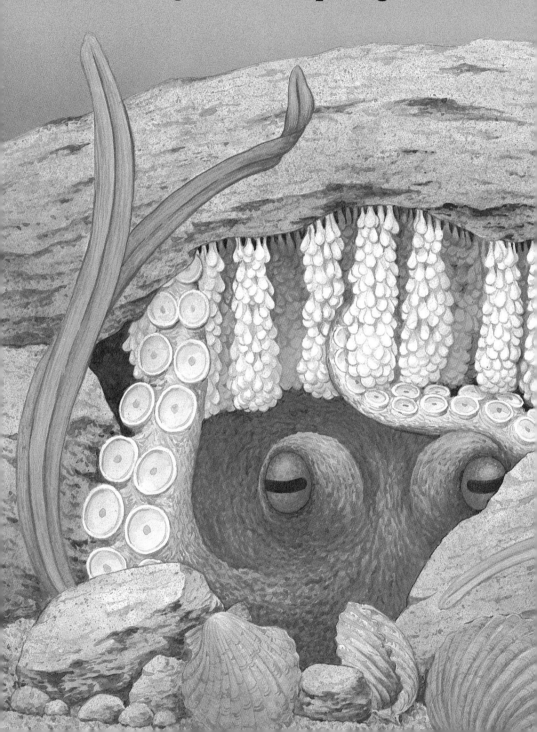

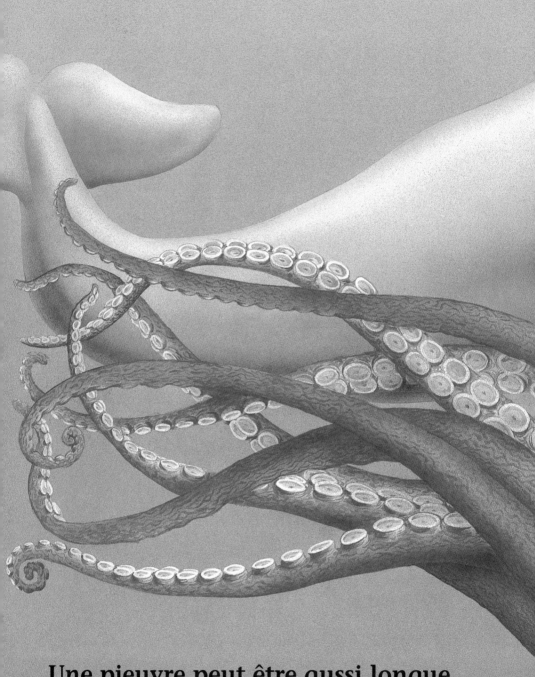

Une pieuvre peut être aussi longue
qu'une baleine.

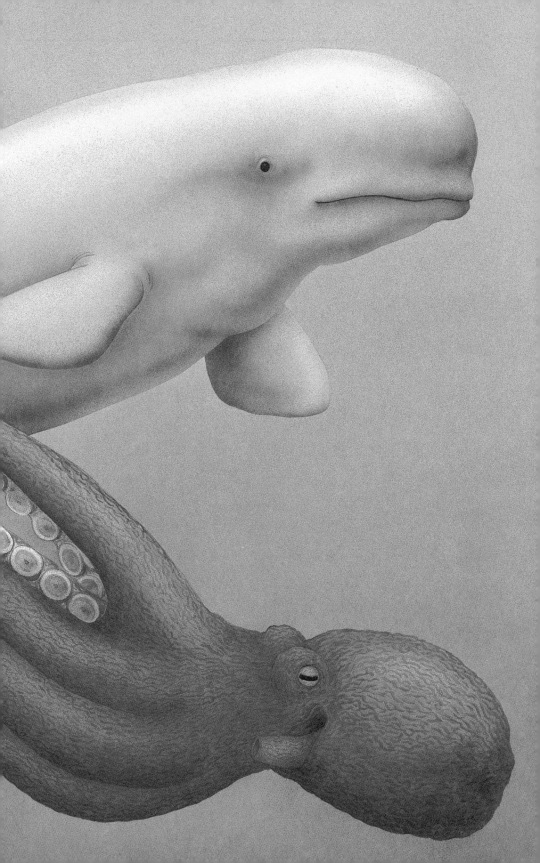

Une pieuvre peut être aussi petite
qu'un escargot.

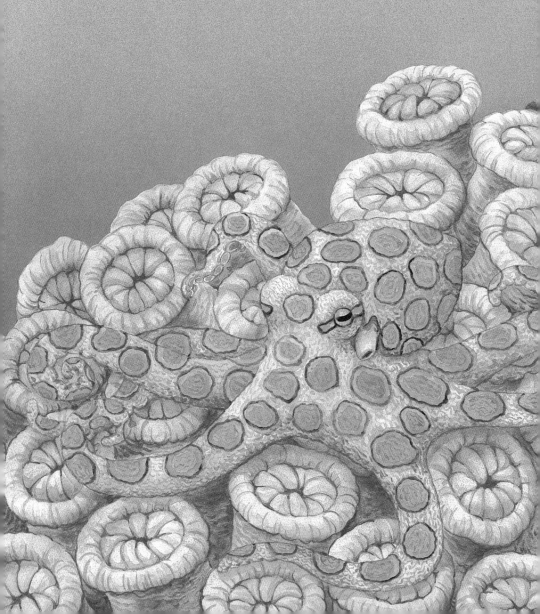